Monica Antonella Sabella

Il mio angelo

ha un nome

Youcanprint *Self-Publishing*

Titolo | Il mio angelo ha un nome
Autore | Monica Antonella Sabella

In copertina | Disegno di Concetta Borlizzi Sabella

ISBN | 978-88-92674-25-7

Youcanprint Self-Publishing
Via Roma, 73 - 73039 Tricase (LE) - Italy
www.youcanprint.it
info@youcanprint.it
Facebook: facebook.com/youcanprint.it
Twitter: twitter.com/youcanprintit

*Lo dedico al mio Angelo Terry,
al dr. D' Errico, alla dressa Margarito.*

*Ringrazio mio marito, alle mie bambine,
mio fratello, mia sorella,
mio padre, la mia sindaca Francesca Torsello.*

Primo capitolo

Erano da poco trascorse le feste natalizie, fuori c'era un brutto temporale. Molly aveva solo nove anni, era seduta davanti al caminetto con sua nonna e le sue zie. Erano in attesa, in attesa di una buona notizia che potesse cambiare il corso del crudele destino. La porta si spalancò, entrò un freddo che ti trapelava l'anima. Lui entrò e si sentì un urlo "Lei non ce l'ha fatta!"Un urlo straziante di un uomo che ha perso la figlia,sua figlia. Giovanna aveva solo trent'anni, lei aveva sperato sino alla fine di tornare a casa dai suoi figli. Era sposata con Giulio, da cui aveva avuto tre figli: Molly nove anni, Marco cinque anni e la piccola Cristina di soli tre anni. Giulio era caduto nella disperazione, era un semplice operaio che guadagnava la sua giornata,e doveva allo stesso tempo occuparsi dei suoi figli. L'unica che gli fu vicino in questo triste momento e nelle difficoltà fu sua sorella Trifona che da poco aveva superato un infarto cardiaco. Cristina era troppo piccola e Giulio andò dalla nonna materna dei bambini per chiederle di prendersi cura della bambina per almeno un periodo. Carmela rispose che era troppo anziana per occuparsi di Cristina e anche Cosimo, il nonno, era della stessa idea. La vita cambiò per tutti loro. Immaginate il dolore di un padre che veniva separato dalla sua bambina più piccola, che venne adottata da una famiglia di un paese vicino.

«Papà, mi prenderò io cura di lei!» disse la piccola Molly.
«Sarà solo per poco!» disse Giulio.

«Come si può separare tre fratelli, come si può perdonare l'odio degli adulti» si disse Molly.

Secondo capitolo

Un giorno arrivò un telegramma, "la vostra signoria è pregata di presentarsi a Varese per il lavoro di impiegato…" disse Giulio.

«Anche tu ci lasci papà?» disse Marco.

«Bisogna accettare, avere una maggiore sicurezza economica, per dare un futuro migliore ai miei figli» si disse Giulio. A chi lasciare i propri bambini? Questo era un vero problema, dei bambini piccoli senza una madre per molti era un problema. Però non dovrebbe esserlo, i bambini hanno bisogno di amore, di sicurezza, di certezze. E ora non c'era alcuna certezza e nessuna sicurezza, il pavimento te lo senti mancare da sotto i piedi e ti chiedi "Perché? Perché proprio a me? Perché a noi?» Domande a cui non si trova nessuna risposta, si prega che sia solo un brutto sogno, un incubo da cui ti sveglierai, ma non è così! È solo il destino crudele che si è accanito su di loro! Si prega Dio, Dio che sembra che in quel momento li abbia abbandonati, non è così. Dio non abbandona mai. Il nostro Dio non abbandona mai, non li ha mai abbandonati!

«Marco, vuoi il gelato?» disse Giulio. La scena che aveva visto poco prima era a dir poco penosa, suo nonno in bicicletta era andato a prendere un nipote della stessa età di Marco a scuola, la differenza però che l'altro suo nipote aveva entrambi i genitori, e gli comprò il gelato.

Terzo capitolo

«Ciao signora!» disse Molly.

«Ciao piccola» disse Maria.

«Siete i nostri vicini di casa? Quando verrete ad abitare qui?» chiese Molly con una voce piena di speranza.

«Presto, vedrai piccola! Verremo presto ad abitare qui!» disse Maria.

Maria aveva le lacrime agli occhi, «Mario,mi fanno tanta tenerezza questi due bambini! Non vedo l'ora che ci trasferiamo qui per fare compagnia a questi bambini senza mamma!» disse Maria.

Giulio conobbe una signora, Teresa, e presto si sposarono per ridare una madre ai propri figli piccoli. Teresa era una brava signora, però era sordomuta. La vita cambiò totalmente per quei tre bambini, Molly e Marco con una nuova mamma e Cristina fu adottata da una nuova famiglia. Giulio ben presto dovette partire. Teresa era una donna molto bella, aveva i capelli con i boccoli d'oro e gli occhi marrone scuro; lei non parlava, emetteva dei suoni ma aveva un grande dono: l'amore. Lei donava l'amore a tutti, anche alle persone estranee, con il suo bel sorriso che l'ha contraddistinta fino alla fine dei suoi giorni.

Quarto capitolo

All'inizio era vista come un'estranea, due bambini piccoli che avevano appena perso la loro mamma, il padre era partito per lavoro e ora si trovavano di fronte a una donna che non conoscevano e che fra l'altro non parlava.

«Posso venire a dormire con voi?» disse Marco. Teresa gli fece segni di dormire con lei e Molly. I bambini tutte le mattine andavano a scuola, Teresa lavorava come impiegata in un paese vicino e Maria aspettava i due bambini per mangiare con la loro famiglia. Tutti i giorni Maria aspettava Marco che tornasse da scuola elementare, anche suo figlio andava alle scuole elementari e cucinava anche per Marco.

Molly quando incominciò le scuole medie, frequentò la scuola allo stesso paese dove lavorava Teresa. Giulio dopo cinque anni trascorsi lontano da casa, chiese l'avvicinamento.

«Molly, non immaginavo che avessi potuto farvi tanto male!» disse Carmela.

«Invece è così, nonna!» disse Molly.

«Perdonami figlia mia!» disse Carmela in lacrime. Molly, anche da grande si è sempre chiesta se avesse veramente perdonato sua nonna, di una cosa era certa, che suo nonno era impossibile da perdonare. C'erano sempre stati dei contrasti fra Giulio, Cosimo, Carmela e le sorelle di Giovanna.

Giulio era dieci anni più grande di Giovanna, erano entrambi molto belli. Giovanna era più giovane di lui di dieci anni e quando usciva con Molly, tutti pensavano fossero sorelle e non madre e figlia, lei vestiva come tutte le ragazze di quell'età, minigonna o pantaloni aderenti ed essendo formosa non passava inosservata. Gli uomini, nonostante fosse sposata, la corteggiavano e come in tutti i paesi piccoli le malelingue e i pettegolezzi non mancavano. Giulio era molto geloso, sia perché la moglie era molto bella e immaginava che non passava inosservata, sia per i pettegolezzi che gli riferivano. Questo fece logorare il loro rapporto e ogni motivo, anche se futile, era buono per litigare. E anche i rapporti con i suoceri, che erano già contrari al loro matrimonio, peggiorava sempre di più.

Quinto capitolo

«Mi avete portato in tribunale una bambina così piccola? Quanti anni ha?» disse il giudice.

«Ha nove anni!» rispose l'avvocato.

«È incredibile dove può arrivare l'adulto! Portate immediatamente la bambina fuori da quest'aula! È troppo piccola, sarà un trauma per lei!» disse il giudice.

Molly ascoltava tutto e li guardava, l'avevano fatta entrare in una stanza, a lei sembrava enorme. Lei era una bambina minuta e si ricordò fino all'età adulta di questa scena, una voce dolce con lei, quella del giudice, e autoritaria verso chi si era permesso di portare una bambina così piccola davanti a lui.

"I suoi occhi!" si disse Molly "Non li dimenticherò mai!" pensò ancora Molly. Probabilmente quel giudice era anche un padre, un buon padre. La sua voce fu un eco nelle orecchie di Molly per tutta la sua infanzia. Vi chiederete anche voi "Cosa ci facesse una bambina di nove anni in un'aula di tribunale?" Una domanda che si è sempre fatta anche Molly, dall'infanzia all'età adulta, ebbene sì, è sempre la stessa risposta, l'odio fra gli adulti! La causa di questa scena era sempre lui, il nonno materno Cosimo, ripeteva a tutti e ha riempito il piccolo paesino, dove vivevano di questa calunnia: "Giovanna è morta per colpa di Giulio!", ridicolo e vergognoso.

Per questo Molly, nonostante sia molto cattolica, non riuscirà mai a perdonare il signor Cosimo. Giovanna era morta di cause naturali, confermato anche dal giudice, c'è un cartaceo di cartella clinica che spiega la diagnosi e la motivazione dell'exitus. Giovanna aveva subito un delicato intervento chirurgico ed era stato superato apparentemente bene, ma ci sono state complicanze post intervento dopo diversi giorni dallo stesso che hanno portato alla morte di Giovanna. È incredibile, penoso e vergognoso quanto male può fare la cattiveria e l'ignoranza di un adulto a una bimba di soli nove anni e a tutta la sua famiglia. I nonni materni non solo avevano abbandonato i tre nipoti ma avevano anche fatto del male di proposito a loro e al loro papà. Il pettegolezzo rimane tale quando ci sono un giudice e delle cartelle cliniche che dimostrano il contrario, cioè per morte naturale.

Teresa si faceva amare dai suoi figli in tutti i modi possibili, era una madre dolce e amava i due bambini come fossero suoi figli biologici. Teresa era diventata molto amica della vicina di casa Maria, tutti i pomeriggi bevevano il tè insieme. Si volevano bene come due sorelle, erano inseparabili. Molly aveva studiato scienze infermieristiche e andò a lavorare in Lombardia, Marco andò sempre in Lombardia a lavorare come insegnante, Cristina è l'artista di casa, amava il disegno e vendeva qualche quadro fatto con le sue mani. Dopo aver lavorato per sette anni in Lombardia e per un anno a Roma, Molly si trasferì al suo paesino, dove si è sposata e ha due bambine, e la sua passione è scrivere libri romantici. Marco insegna in Lombardia, dove si è sposato con un'insegnante e ha tre figli, Cristina è sposata nel suo piccolo paesino del Salento e ha due bambini.

Una notte Molly si sentì male, aveva problemi respiratori e fu operata con urgenza. I medici avevano detto al marito che difficilmente ce l'avrebbe fatta, che non sarebbe sopravvissuta all'intervento e che se ci fosse stata una piccola possibilità avrebbe dovuto portare la tracheotomia fissa. Un'equipe molto brava, il chirurgo che dal pronto soccorso dalla notte era rimasto a fianco di Molly per tutto la durata dell'intervento del giorno dopo, un anestesista fantastica con un cuore grande. I medici dissero a Molly che era stata miracolata, che aveva un Angelo su nel cielo. Sì, l'Angelo era sua mamma Giovanna. Molly rimase in rianimazione per ventiquattro ore. In reparto c'erano il marito, le figlie, Cristina, Marco, Giulio e il suo Angelo di nome Teresa. Teresa aveva le lacrime agli occhi, come se sapesse già il seguito di quello che doveva succedere.

Di nuovo il destino, quel destino crudele che si era accanito trent'anni prima. Dopo un mese morì Maria, per Teresa fu un grande dolore; chiese a Molly «Con chi prenderò il mio caffè pomeridiano? Come farò senza di lei?» e scoppiò in lacrime e questo spezzò il cuore a Molly.

Maria purtroppo aveva il cancro e anche Teresa aveva un cancro con metastasi su tutti gli organi. Precisamente un mese dopo dalla morte di Maria, morì Teresa. La cosa brutta per Molly fu che negli ultimi giorni di vita di sua madre Teresa anche lei non stava ancora bene, non potendole stare vicino come avrebbe voluto fare e come il suo Angelo meritava. Teresa non vedeva più, vedeva solo ombre. Purtroppo la sua malattia aveva compromesso anche gli occhi ma vedeva con il cuore, con il suo amore, con il suo dolce e bellissimo sorriso. Teresa prese la mano di Molly e la strinse forte, aveva capito che Molly era triste e che era arrivato il suo momento, la sua ora.

Questo libro serve a fare capire anche che non tutte le matrigne sono cattive, Teresa è stata una grande donna e una grande mamma. Dio aveva mandato Teresa da quei bambini, era un Angelo mandato da Dio.

INDICE

Finito di stampare nel mese di Luglio 2017
per conto di Youcanprint *Self-Publishing*

www.ingramcontent.com/pod-product-compliance
Lightning Source LLC
LaVergne TN
LVHW050313200726

843509LV00015B/3305